Gioia Chiara Mia Del Ben

È ARRIVATA LA PRIMAVERA!

Dedicato ai miei figli,

*fonti di ispirazione e leggerezza nel cui sguardo ritrovo
l'inesauribile voglia di scoperta e di vita.*

LE RONDINI VOLANO NEL CIELO AZZURRO

E ATTRAVERSANO

IL MARE BLU.

RORÓ
TORNA A CASA

BUONGIORNO COCCINELLA!

È TORNATA
LA PRIMAVERA!

IL PRATO
È GIÁ VERDE

LE TUE SORELLE
SONO SVEGLIE.

I FIORI
SONO COLORATI

E LE API LAVORANO
SPENSIERATE,

FANNO IL MIELE
PER IL LATTE

CHE AI BAMBINI
TANTO PIACE.

LE NONNE AL PARCO
SONO FELICI

MENTRE I BAMBINI
VANNO IN BICI

VIENI,
ANDIAMO A VOLARE

LA PRIMAVERA
È SPETTACOLARE!